성연 시인선 8

바람이 불지 않으면 노를 저어라

박덕례 시집

도서
출판 성연

| 자서 |

　긴 시간 동안 엄마로만 살아왔다. 세상 밖을 나오지 못하고 오직 가족들을 위해 살아온 지난 삶의 흔적들이 쌓이고 쌓여 시를 짓게 했다. 그렇게 삶의 흔적을 모아 지은 시를 제1시집『엄마도 꽃이란다』을 발간했다. 이어 제2시집『바람이 불지 않으면 노를 저어라.』를 묶었다.

　이는 늘 격려와 응원으로 힘을 내어 가족들과 독자 여러분의 덕분이라 생각한다. 시를 짓는 동안 마음이 넉넉해졌으며 이로 인해 어둠이 있는 곳에 밝음을 주었으며 그 밝음이 즐거움과 행복이 있는 미래가 보였다.

　지금껏 세상을 살아오면서 어떤 이에게 도움을 받을 때 나도 그들에게 도움이 될만한 일들을 찾아다니며 베풂으로 다가갔다. 그렇게 살다 보니 그동안 보이지 않던 길도 보였다.

　누구나 사랑과 정성이 있다면 닫힌 모든 문을 열린다는 것을 알았다. 이제 독자 여러분께 더 가까이 다가서기 위해 배를 띄웠다. 바람이 불지 않으면 힘차게 노를 저어서라도 목적지를 향해 갈 것이다.

　앞으로 풍성하고 윤택한 세상을 만들기 위해 다독과 다작을 생활화할 것이다. 여러분의 행보에 웃음이 가득 한 삶이 되시길 두 손 모아드리며. 감사드린다.

2022년 7월 청아랑 박덕례 올림

3부. 누각

4부. 시간 속에 걷는 여자

5부. 어머니의 숨결

6부. 나는 시인이다

7부. 붓을 들었다

8부. 음이 피아노 치다

박덕례 시집 서평

旅情如浪漲昭陽無
限春愁浩莫量借問
白鷗儂可笑與他蒜
草任悠揚
芝堂朴德禮

▲ 박덕례 시인의 서예 입상 작품

여정(旅情)-김시습(金時習)

旅情如浪漲昭陽(여정여랑창소양) : 나그네 마음
물결같아, 소양강의 물 불어나듯
無限春愁浩莫量(무한춘수호막량) : 끝없는 봄의
수심, 측량할 수 없이 넓고도 크도다
借問白鷗儂可笑(차문백구농가소) : 묻노니 흰 갈
매기여, 내가 가소롭거니
與他萍草任悠揚(여타평초임유양) : 저 부평초처럼
마음대로 아득히 떠돌아 다니다니

▲ 박덕례 시인의 서예 입상 작품 해설

[박덕례 어록]

1. 인간관계는 교통법규 지키듯이 하면 된다.

2. 튼튼한 울타리가 건강한 가족을 만들다.

3. 깊이 파 보지 않고 얕게 말하지 말라

〈바람이 불지 않으면 노를 저어라〉는 것은 바람이 불어오든 불지 않든 쉬지 않고 끊임없이 앞을 향해 노를 저으며, 삶의 역동적인 추동성을 살려 자신과의 투쟁과 세상과의 전투에서 굴하지 않겠다는 의지의 표현이다.

그녀의 첫 번째 시집 〈엄마도 꽃이란다〉에서는 어머니가 자란 고향 땅을 그리워하며 천년의 향기를 품고 싶은 마음을 실어 주옥같은 작품집을 엮어냈었다.

두 번째 시집 〈바람이 불지 않으면 노를 저어라〉에서는 화살기도처럼 가끔씩 혼자 하는 대화에서부터, 강렬하게 솟구치는 그녀의 말하고 싶은 내면의 소리들을 가슴 속에 묻어두지 않고 밖으로 끄집어내어 바람과 꽃의 말을 전하고 있다.

박덕례 시인 시 서평 〈바람과 꽃의 말을 전하며〉 중에
예시원(시인 · 문학평론가)

바람에 달려오는 향

풀꽃

성에 머물다 가는 바람아
어디서 머물 것이더냐
신기루 같은 당신

노을빛 엮어서 은하수
맑은 물에 당신의 향기 띄운다

한 마리 나비여
가야금 열두 줄의 명주실 매여
하늘하늘 나부끼며
휘영청 밝은 달밤에

차디찬 강을 베고 누워있구려

바위틈에서 풀꽃처럼 핀
남기고 간 사랑이여

시화전

동백 꽃잎 담아
진흙 속에서 옹기로 굽는다
몸에 씨를 심는 마음으로 그 길을 걸어왔다

잔잔한 열기를 품고 붉게 익어가는
한 송이 꽃으로 피어난다
산과 바다와 여울목 맛있게 흐르고

나는 누구의 길을 걷고 있는가

하늘을 가르는 바람 한 줄기
수많은 색채들이 어울려 하나의 명작이 되고

자연을 둘러싼 보색과 모과 빛
태양의 미묘한 창조
마르지 않는 예술의 혼
그대 눈길에서 뿌리가 깊다

바람에 달려오는 향

새벽의 선율 따라
기도 향기 바람에 날린다

등잔 호롱불 사이로
묵주 알 굴러가고

입안에 성체 향기
장미로 피어난다

이끼 낀 숲은 울지 않는다

툇마루 창가에 앉아
은은하게 비치는 달빛 바라본다

별들 사이로 하얗게 몽근 설화
소복소복 피우는 밤

이윽고 딱딱한 껍질을 깨고
울지 않는 나의 숲

마른 가지는 또 다른 생명으로
산란처가 되고
사군자 난 속에 터를 잡기도 하지

세월의 이끼가 자라나는
젖은 가슴

이끼 낀 숲에 바람이 일렁인다

바람 부는 그곳

보폭은 작아도 한 발짝씩
지친 나를 끌고 가는 삭풍

대나무 속 마디마디에
스며들지 못한 바람이
한 맺힌 흔적을 지우려
밤새 주위를 맴돌았는가

큰 바위 등에 업고 있는
가녀린 참나무

가슴에 스며드는
아침 짓는 바람인가

대나무 숲 사이로 걸린 달
삭풍에 꺼지지 않는 등불이여

높고 낮음을 떠나서
깊고 얕음을 떠나서
혼을 다하는 그대 바람

언덕배기 넘어
간절함 넉넉함을 갖추어
작은 보폭으로 한 걸음씩 한 걸음씩
바람 부는 그곳으로

자연의 흐름 속에서

자연은 사람을 만나면
상처를 입고

사람은 자연을 만나면
희망을 얻는다

큰 물줄기는 유유히
바다를 향해 흘러가지만

작은 물줄기는
작은 구덩이도 채우지 못 한다

신심이 깊으면
강한 바람이 불어도
흔들리지 않고

산이 높으면 그림자도 깊다.

나무가 많으면 마음이 풍성
푸른 향기처럼

나무가 적으면 마음이 식어간다
밑 빠진 그릇처럼 그렇게
차가워져 간다

선물로 주고 간 자연
삶의 흐름 시간 속에서
살고 있는 우리들

바다의 증인

나는 바위처럼 앉아 바다의 입을 바라보았다
바다의 입이 자물쇠에 잠겨있다
갈매기 입에서 노래 가사가 흘러나오고 있었다
40년 시간 동안 같은 노래만 부르다
열쇠를 찾으러 간 물고기는 온데간데 없고
소녀는 모래밭에 앉아 수 없이 울었다

10살 어린 동생은 아빠 어디 갔어?
응 아빠 자고 있어!
이제는 백발이 되어간다
비밀은 바닷속에 있고
바닷물은 자물쇠에 잠겨있고
돛단배는 사라진 지 오래됐다
갑작스러운 죽음을 바다의 물결만이 아는데...

나의 가슴 속에서 요동치는
바다의 증언을 들을 수 있다면
한 마디 한 마디 바위 위에라도 새길 텐데
바다야 진실을 말해 줄 수 없겠니?

꽃신

바람이 지나간 자리
무엇을 가지고 정원을
걷고 있었다

제가 무엇을 들고 있는지
모른 체 무심코 걷고만 있었다

누가 말하고 있어요
다 비우라고
그런데 뭘 비워야 할지

햇살이 눈을 감게 하고
바람이 눈 뜨라 한다

저 멀리서 하모니 소리
아름다운 풍악 연주한다

춤을 춘다
꽃신 신은 아씨
치마 펄럭이며 이야기한다
세상은 꽃신 신을 기회라고

바람 길

바람아, 돌아가라
바람아, 쉬어가라
바람아, 꺾지 말고

비단길 열어줄게
하늘길 열어다오
감정의 너울 속에
바닷길 놓아다오

팽팽하게 이어주는
다리실 엮어줄게
그리운 님 보내다오

한줄기 빛

쭉쭉 뻗어가는 꽃길
수백 년 묵은 담쟁이덩굴
용트림 절벽을 오르고

소나무 숲에
은총의 샘 찰찰 흐르고

한 줄기 빛으로

창가의 한 마리 새
에스프레소 향 속에
은혜의 햇살 비쳐진다

그 이름은 잊었지만

구름 속에서 그 이름 피고 있겠지
쌍꺼풀 눈 별이 되어 반짝 거리고 있겠지

기타 치며 노래하는 당신의 모습
별 속에 누구를 위해 노래 부르고 있을까

거나하게 취했던 몸부림
별 속에서 웃고 있을까
울고 있을까

철없던 당신의 음성
바람의 소낙비 가슴 적시며
파도 소리 바위에 앉아
비를 머금고 있는
애달픈 바람이여

빈 잔에 휘파람 소리 담는구나

잠자는 내 사랑

신록의 바늘 같은 잎 새
밤하늘에 너의 눈 보이는데
그 대 목소리 들리지 않아

가슴에 품은 체 대나무 숲에서
큐피트* 화살이 흔들어 깨워도

어구의 버들가지
오월 훈풍에 줄줄이 늘어진다

연둣빛 잎
활짝 피지도 못한 채
바람이 안고 꽃잎 베고 잠자는
숲속의 공주처럼

*큐피트:신의 "에로스"라고 하며 사랑과 성애를 관장하는 신이다.

| 2부 |

젊음을 그리다

가로등

산허리 붉게 물든 바람 소리
흐르다 가면 그곳에
소리 없는 발자국
그림자의 빛이었던가

어둠이 불러와 암흑 채우고
부엉이 허기질 때 가로등 불빛 켜진다
겨울 구리며 지나가는 시린 밤하늘

붓 흔들며 쉬 떨구지 못하는
나뭇잎 사이로
들썩들썩 거리는 바람 소리

멈추다 보면 또 그 곳이네

길

별이 지나가는 길목에
구름도 길이 있고
바람도 가는 길이 있다.

달도 길이 있고
해도 가는 길이 있다.

하늘길에 조각구름
신이 만들 길에
공존의 길

손잡고 최종 목적지에
도달할 수 있을지 모르지만
지금 함께 한다는 건
자체가 큰길로 나아가고 있다
내가 가는 길 만들어가는 길이다

높게 넓게 깊게
가는 길 속에 그 길이 있다.

숲속의 나무들이여

갈대와 억새가 다닥다닥 붙어 모여
서로를 감싸며 견디듯
우리네 삶 또한
혼자 설 수 없다면
나무처럼 살아남기 위해
그물처럼 촘촘히 뿌리를 뻗어
그 비바람을 견뎌야만 하는 것은 아닐까

서로에게 기대어
그늘을 만들고 잎을 모아
뜨거운 햇빛을 견디는 그 시린 시간들…

새들이 둥지를 틀 믿음을 세우고,
가을엔 풍성한 열매를 선사하는…

오, 나무여!
넌 세상의 심장!
꽉 막힌 시간 위에 서서
온갖 생명들에 숨을 쉬게 하는
넌 지상의 천사!

당신과 깊어지는 가을

구름 속에 달 꽃 피는 밤
저 산 너머 단풍잎 낙엽 속에서
우는 사슴아

깊어가는 가을 어둠 속에서
갈대의 흔들림에
우는 귀뚜라미여

어디에도 흔적 보이지 않은
반딧불처럼

바위에 당신의 눈물 새기면
두 손 잡고 수채화 그리며
당신과 걸어오는 길

바람도 계절을 타면서
그 길이 험한 산등성이라 할지라도
구름 속에 달
꽃피는 꿈을 꾸었지

갈바람 속으로 스며오는
찬바람과 눈물의 영혼
정화 시키는 밤인가

어느 멋진 가을 이야기

거문고 위에 고흐의 별이
빛나는 밤
황금 항아리에서
파도 부딪치는 화음
밤하늘 울려 퍼진다

작열하는 태양 타오르는 갈증
새벽닭 울음소리에
태양을 멈추고

조여 오는 사막 절기 속에
갈증을 삼킨다

계절마다 바람 다르듯이
여름 바람에 심지 타오르는
불꽃 바다 향기 속으로 떠난다

찻잔 속에 달빛

나뭇가지에
샛바람 앉아 쉬는 밤
이별 앞둔 겨울 나그네

옷섶에 젖어 오는
부엉이 울음 군불 뒤적이는
아이 손에서 까맣게 익어간다

언덕을 구르던 눈썰매는
달빛 속에 넣어두고

눈 속에서 글썽이며
고개 든 동백 봉오리

임인 듯 술잔 울리는
그 찻잔!
하얀 연꽃잎 띄운다

휘파람 불며

가을 단풍잎 밟으며
가을의 길을 걷는다

나는
휘파람 불며
낙엽에 몸을 실어 보낸다

젊음을 그리다

크레파스를 사 왔다
도화지가 없다
문방구에 다시 갔다

간호사가 노화라 어쩔 수가 없다고 한다
이것저것 사서 시린 눈을 밟으며
시계를 거꾸로 돌려 본다

아무리 돌려도 다시 그 자리
다시 돌려도 그 자리

발길을 화실로 돌렸다
창으로 흘러든 어두움이 화실을 채우고
회전의자만 빙빙 돌고 있다

고체 물감 팔레트 스케치북에
굵기 조절이 가능한 만년필과
에메랄드 컬러 잉크로
젊음을 그려 건조기에 말렸다

밤하늘은 총총
젊음의 흔적들만 밤을 지샌다

구절초

삶의 벼랑을 깎고
평원을 쓸어
생의 가운데 앉았습니다

구절구절 아홉 마디
뚝 뚝 꺾어
찻물을 우려냅니다

세월 갈수록 짙어가는 풍경
지나가는 시간 위에 서서
수만 가지 언어를 적시고
울어도 좋을 만큼 일렁이다
명징明澄히 익어갑니다

꿈

바다에 목련이 피고
하늘에 파도가 일고
산에 물고기가 헤엄친다

절벽에 누운 구름에서
꽃이 핀다

푸른 별 가슴
유리알같이 투명한 무지개
바퀴를 싣고 너에게 굴러간다

풀 한 포기

세월 강에
앳된 마음 담아 등잔불 띄운다

땅속을 발끝으로 서서
*곧추선 푸른 몸은 이슬 담을 옥쟁반

유려한 곡선으로
붉은 저고리 입은 산이여

절벽에 버티고 서서
망망대해 노을 물든 나무들이여

마음 한 자락
내 굽은 등에라도 펼쳐 놓으소서

*곧추선: 굽히거나 구부리지 않고 곧게 서다.

천 년의 거문고

천 년의 소리
가슴을 울리는 현을 안고
부둣가에 돛단배 하나
드넓은 바다를 애타게 바라보네

동구 밖,
열 손가락
당신의 가슴속에 응고되어
빗줄기 속에서 서성거리는
하얀 고무신

푸른 댓잎처럼 정갈하고
하얀 목화꽃처럼 수수한
당신의 몸, 빗줄기에 흠뻑 젖어 드네

하얀 버선발로 달려 나와
꼭 안아 주었던, 저 머나먼 길
바람만을 안고 가버린 그리움

고개 너머 어머니의 목소리 아득하네!

| 3부 |

누각

산맥

천 년의 시공간을
초월해 만난 산맥
반세기를 건너고 있었다

바람 소리 날개 달아
등잔불 건너고 있었때

오맥을 합친 작은 가슴은
저 맥을 건널 수 있을까

꽃잎 하나 나뭇잎 하나에
잉크 한 방울 두 방울
뚝뚝 떨어뜨린다.

운무에 가려져 천상
두둥실 떠 있는 작은 가슴

산맥을 이미 내려와
명주고름 두르고 있다

* 오맥 : 오장과 관련된 다섯 가지 맥 상 즉 간맥현,.심맥홍,. 비맥원. 폐맥부, 신
  맥침을 이른다.

그 느낌 그대로

앞산의 소나무
천년의 향기
구름에 묻혀 있다

산양에 온 별
침묵 겨울 거두고

성터에 고인 바람
전설의 바람이여
그대 향기 바람에 날려다오

그 느낌 그대로 머물러 주오

여인의 향기

인당수에 핀 연꽃이여
소금밭에서 피어오른다

꽃잎 날리며
향기 잡고 가는 바람아

바람속의 꽃잎이여
조각배 몸을 싣고 가네

봉우리 속에
그 향기 그대로
머물 수 있도록

등잔 불

멍석 위에 골풀 돗자리
바람 결에 불춤을 추다

자자손손 천지신명께
옥빛 비녀 꽂은 두 손 비나이다

명주실에 엮어
가냘프게 흔들리는 심지
속으로

작은 촛불 하나가
어두운 그림자 몰아내고
바람 이야기 들어준다.

누각

오랜 세월 사연을 안고
유장히 흐르는 낙동강 바람은
기억하리

동족끼리 가슴에 총부리 겨누고
푸른 잎들이 우수수 떨어졌다는 것을
누각을 말하리라

숲속의 산맥
바람인 듯 비안개인 듯
초롱을 바닥에 눕고 정교하게
봄바람에 수렴하고 앉으니

신선이 되어
언덕에 올라앉은 바위
노고지리 붉은 노을
잉태된 산의 정기 품어주네

엄니 젖 줄 같은 포근함에
천상의 나팔 소리 들려오는

청사초롱

별빛만 한스레 병풍에 기대어
구름 쉬어가는 곳
낙동강 아픈 기억
달빛 속으로 흘려보내고
봉정사 종소리 통일 바람이 되어
은빛 물줄기 침묵으로 흐르다

침묵

굽이굽이 절경을 이룬 협곡
깎아지른 듯한 절벽이
피뢰 침처럼 가파르다

흘러서도 가보지 못한
저 바다
갯벌 피조개 입술 꾹 다문 채
소리 없는 침묵
그대로 밤바람 머금는다

고요하기만 한 푸른 산맥
나지막이 강물 대신 흐르고
메아리 되어 불러 봐도
적막만 흐른다.

의초롭다

고목나무
화목의 꽃을 피우고
그늘과 햇빛 조화를 이루며
숲속에서
손님맞이 하는 산새
자연을 벗 삼아
굽이굽이 골짜기마다
계곡의 물줄기 따라
강을 만들어가는 힘의 원천
자연의 조화 속에
숨을 쉬고 살아가는
숲속의 나무
적막한 밤에 울타리 지키며
하늘의 울림소리와
자연의 속삭임
화음처럼 들려온다
뿌리 깊은 나무의 보호 속에
푸른 잎 화목의 꽃을 피운다.

삶

빛의 산란 속 세상
선 닦는 마음의 산책으로
관조하는 붓의 기억

가벼운 미소
뜨거웠던 사랑
넘치는 사랑도
덤으로 안은 아픔도
선물이었지

비 오는 차창 밖
빗방울 세월 긋는다

도플갱어

강변 노을
어두운 그림자 안고
서쪽으로 향하는
무거운 발걸음
어디에서 멈출 것인가

바람 소리 들려오는데
안개 낀 봉우리
물줄기 유유히 강으로
흘러가지만
밑 빠진 독처럼 그렇게
차가워지고

선물로 주고 간 자연
숨결과 체취가 묻은
삶의 흐름 시간 속에서
사는 우리

인생의 배낭

한여름 밤!
금 모래밭에서
희망, 꿈 담아
세상 고개 내미는 순간
세찬 돌풍 불어와
모래바람 확 뒤집어씌운다.

금빛 바닷가 가까우면서 먼 길이었나!

등에 짊어진 삶의 무게가
나의 가슴 짓누르고
길목에 부딪히는 절벽
목적지 어디 있지
끝은 어디 있는지

당신께서 파도 속에 안전한
바다의 길 열어준다
햇볕에 버티지 못하는 안개처럼
구름의 흔적처럼 사라져 버리고

솜털처럼 가벼워진 배낭
그 깊고 넓은 항해를 향해
꿈과 희망을 찾아
당신의 영광스러운 앞에서
향기가 피어났듯이
배낭 맨 거북이 산 정상에 오르다

모래밭에서 쉼...

달빛 속에 한 잔 술

샛바람 땅 위에서 흩어지는
그 깊은 밤
사랑을 담아 한잔 술
꿈을 담아 마시다

불가마 속에서 도자기 단련되듯이
화롯불 속에 인두 단련되듯이
나는 그렇게 단련되어가고 있다

달빛 속에 담긴 모습이여
술잔 속에 별빛 비치고
귀밝이 한 잔 술에 시름을 삼키다.

겨울비

갈댓잎에서 뚝뚝 떨어지는
낙숫물 천 년의 고백이
바위 심연을 울리고

보고 싶어 하염없이 울던 밤
처마 밑에서 찬바람을 쓸어안고
흘러내리는 당신의 눈물

앙상한 나목의 말라붙은 혈맥마다
가녀린 풀잎 가슴마다 스며드는
얄미운 가로등 눈빛 속으로

촉촉이 스며드는
그대의 *응결지는 눈물 꽃이여

*응결지다: 한데 엉기어 뭉친 다는 말

| 4부 |

시간 속에 걷는 여자

나를 세우자

와인 잔 앞에 새해 소원 한가지씩 빌면
케이크 촛불은 소원을 뜨겁게 태운다
심지 속 깊이에 각인 되어진
세월이 붉은빛으로 와인 잔에 투영되어
내 모습이 서 있고 또 다른
누군가의 몫으로 채워야 하는 빈 잔 속에
적막한 도시에서 낙엽이 되고
시어詩語가 되어 거리를 떠돌다
어느 한 곳에 정착하여
꺼져가는 촛불의 심지를 살피고 있다
어둠이 짙은 날 창가에 바람이 노크한다

구름에 가려진 달그림자와
별들의 고향 그 도시에 끝없이 펼쳐진 바다
울창한 숲에 생명 꿈틀거릴 때
바다의 소원 파도가 잔잔할 수 있도록
신神은 자연 속에 자비로움을 베풀고
인간은 신에게 지혜로운 믿음을 보여줄 때
자연 속에서 살아가는 공동체로
존엄과 자존을 배워가게 한다

아침에 산야를 뒤덮는 짙은 안개 속 길을 찾는
나침판도 중앙 통제 시계가 정확히 아는 시간 속으로
소망의 태양이 떠오르면
나는 나를 세우고 바꾸어간다
자연의 조화로움에 순응하며

유전자 열쇠

시야가 굴절되어 수정체가 변화되고
산란과 파장의 리보솜 유전자
그 속도에 모든 암호가 가려져 있다

수정체의 탄력성 저하로
근거리 사물에 조절력이 떨어지고
음향에 대한 감수성 상실이 나타나면

혈관이 평형감각을 잃고
머리에는 과부하 현상이 일어나고
감각 등록기에 잠시 머물다
사라진 기억들

감각적인 손끝에서
맛을 내는 미각 DNA는
대대로 내려오는 유전자 열쇠로 푼다

나의 몸은 악기다

라디오에서 흘러나오는
첼로의 선율
감미로운 의식 속에 깊은
울림을 준다

그 찻집 위 감도는 클래식
무언의 청각 리듬을 통해
비로소 리듬 적 몸이 되고
무대는 선율적 풍경이 된다

동서양의 감성과 형식 적절히 조화시킨 음률
우리 몸에 맛을 내는 미각 속에
밀림지역 새들의 달콤한 멜로디 부르니

자연의 오감
신체의 감각 느낀 센서
목마름 때 목축이는 샘물 같은
무음의 연주처럼

바람의 음악

가슴에서 피어오른 연꽃
때론 영롱한 불꽃 피어오르고
때론 연한 사랑 피어오르고
때론 뜨거운 열정 피어오르고
때론 삼켜버릴 것 같은 불꽃 피어오르다

음의 높낮이가 같아도
악기 따라 달라진 듯
진솔한 삶 속에서
옛스러운 감성으로
바람의 음악 가슴속에서
피어오른 불꽃 태운다

피오르드 해안의 아침

나무들 사이로 해가 걸어오고
햇살 묻은 파도는 펄쩍펄쩍 배를 끌고 간다

울퉁불퉁 흰 거품을 일으키는
샛강 물들이 수없이 바다 들판을 나뒹굴고

피오르드 해안 길 하얀 구름 한 조각
아침을 산책한다

연옥색 비단에 꽂은 바늘을 뽑아
뼈로 연결된 붓으로 빗금의 빗방울을 그렸더니

큰 강을 이루듯
여기저기에서 흘러내리는 빗줄기
나는 이 아침에
한줄기 빗물처럼 한 떨기 바람처럼

시간을 잃어버린 하얀 구름처럼
그대로 하늘이 되고 싶다

시간 속에 걷는 여자

걸어가는 길 속에 시간이 간다
바람의 날 검 가로지르고
칼집에서 파도 소리 리듬 따라
시간은 걷고 있었다

한류에서 내려온 물고기
주판알 입에 물고 네트
넘나들고 있다

육대주 물고기 자태 뽐내며
네트 위로 넘나드는
서버 공만 바라보면 운주하다

한류와 난류가 만나는 그곳
태양활동 대기 충돌하면서
오로라 발생

그 지점에서
그 수역에서

플랑크톤이 풍부하여
협력의 체계가 잡혀있을 때
다만 발전적 성장통 겪는다

* 운주 :주판을 놓듯이 이리저리 궁리하고 계획하다

바닷가의 소녀

바위와 모래위에 피어난
바닷가 소녀는
무엇을 먹으며 자라는 걸까

바위와 파도의 노랫소리 들으며
꿈을 키우는 것일까

아님
찰랑거리는 파도 소리의 설레임에
소녀는 꿈을 꾸는 것일까

어쩜 소녀는
파도와 속삭이며
바람의 눈빛을 바라보며
세상의 행복을 꿈꾸는 것은 아닐까

하늘의 온화한 미소
하모니카처럼 들려주는
갯바위들의 노래...

바닷가 소녀는
속살거리*는 노랫소리 들으며

파아란 바다 닮아가는 것은 아닐까

그렇게
바닷가 소녀는
바다의 소리 들으며
파아란 하늘 닮아가는 것일까

*속살거리다: 남이 알아 듣지 못하도록 작은 목소리로 조금 수다스럽게 이어
  가는 이야기

그 옛날 저녁 종소리

노을 진 달빛 속에
저녁 종소리 나지막이
울리면

숟가락 젓가락
오손도손 수를 세고 있다
하나, 둘, 셋,

밥상에 참새들 모여들고
등잔 불빛 살랑살랑 흔들어 대며

보리밥 속 숨겨진 쌀알
등잔불 빛이 세고 있다

할아버지 헛기침에
모이를 쫓던 참새들 날아가고

노을 속에 펄럭이는 무명치마
고개 숙인 벼처럼 엄마의 시린 가슴
별빛 속에 묻혀있다

싸리나무 울타리 안에서
그리운 맷돌 소리만
저 멀리서 들려온다

별의 인생

사슬 고리로 육각형
벌집 모양 만들어 한올 한올
엮어진 빛과 그림자

색소 없이 빛내는 섬유처럼
연잎이 빗물을 튕겨낸 듯
늪에 빠진 자연의 뿌리 텃밭에 심는다

숱한 고독으로 세계 두뇌들과
볼모의 사막에서도 외부 온도
감지하면서 피 튀기는 생존 경쟁

그 거룩한 곳에 설 수 있으려나
깨끗한 손으로 그 자리에
오를 수 있을까

이웃 간의 시공간을 뛰어넘어
한올 한올 엮어가는 자연의 윤리
사상가의 길 아니었을까

별의 인생 가는 길에

목이 마른 영혼

폭양暴陽 횡포에
풀숲 초들 초들 시들어가고
대지의 논밭 혼魂 뿌리까지 타들어 가
심상 메말라 숨을 쉴 수가 없다

명 시어 하나 잡기 위해
두레박으로 샘물 퍼 올리듯이
늘 감성에 목마름이다

버들잎 띄워 불어가며 마시자
금맥 찾아 나서는 헤드램프처럼
미등 밝히고 글감을 탐색하고
날아다니는 시어를 헌팅하자

폭양에 사그라들었던 꽃모종
뿌리내리고 꽃대 올려 피어나듯이
시상詩想이 피어나리라

월급봉투

장엄하고 묵직한 베이스
섬세한 장인 정신이 깃든
마법의 주머니

비움으로써 두께 조절할 때
예술의 혼처럼 삶의 빛깔이
우주의 고운 빛깔로
율려의 조화를 이룰 때

월급봉투 부피 따라
비로소 심원心願하고 미소 짓는
그윽한 현묘賢妙에 이르듯이

소리는 비움의 미학이고
샐러리맨 온라인 월급봉투는
고혹한 소프라노 음색이다

선택 받은 땅

풍성한 열매 맺는 땅으로
축복해주신 주님
사랑을 깊이 알게 하소서

고유한 삶의 우물에서
당신의 머리에 쓸
화려한 면류관 만드소서

내 안의 상처까지도
안에서 빛을 이끌어 내는 길

밭의 정원 가꾸지 않으면
금방 버려진 땅으로 전락해 버리듯이
늘 주어진 땅에 자라지 않도록
호미로 거름 주듯이
깊은 사랑을 풍성하게 내리소서

주인 없는 땅으로 만들지 마시고
나에게 선택받은 땅으로 느끼게 하소서

| 5부 |

어머니의 숨결

여백

달빛이 스며들면
풀벌레 소리 음률을
선사한다

밤을 여는 하늘
바라보는 목이 긴 메아리

소태같이 쓴맛의 풀잎을 씹고
가슴 시리도록 시린 나의 입술
향기로운 흙 가슴만 남는다

빨강 벽돌 베고 잠든 밤
식품 공장 창가에서
애절한 열두 줄 명주실에
곡조를 뜬다

봇물 처럼 터져 나오는
그리움의 그믐달 밤
가야금 소리

엄마의 시절

인당이 명윤하고 미목이 수려하니
저녁노을 짙어가는 구름 사이로
하늘의 새 날아다닌다.

구름은 날개 없이도
바람 따라 잘도 간다
바람 속 향기 흩날리며

눈썹 사이로 노을빛 붉게 물들고
방울방울 열리는 이슬

서서히 불어오는 바람 앞에
마음 흔들리고 요동친다

깔깔거리며 웃으시던
그 시절로 돌아가
엄마도 소녀가 된다
엄마의 품속으로 돌아가고파

작은 거인

성인의 머리에 비석을 베고
고요한 시인처럼 당신의 삶
시詩가 되어 고봉밥 속에 머물다

설한 나뭇잎 붙들고 서 있는 한 떨기 꽃
믿음의 길 은혜의 길 십자가의 길로
인도해주신 고 요셉신부님

성직자로서 연옥 영혼위해
기도하다 가신 영혼!!
천사 낙원으로 인도 하소서!
신부님이 남기고 간
피와 땀 얼룩진 안성 공원묘지 조성!

애절한 바람만이 한 영혼의
가랑잎 추위에 떨고 있구려
죽음도 두렵지 않은 한평생
뿌리 속에 새잎

바람과 구름 찾아오는 연도 소리

울려 퍼지고
성인의 기도 소리 머무는 곳에서
고인 잠든다.

어머니의 숨결

모가 됐든 도가 되었든 삶은
등에 짊어진 거친 숨결
태초로 시작된 생명이

에덴의 동쪽에서 불어닥친 바람으로
귀와 코를 자극하니 그 촉감은
꿈틀거리는 의욕 같은 것

함께 공존하는
대지의 힘찬 맥박은
앙상한 나무마저 뛰게 하니

짙게 깔린 어둠을 뚫고 생성되는
땅의 기운이 어머니의 가슴과
얼굴에 하얗게 생기를 불어넣어

마치 미지의 세계에서
지금의 시대에 미묘하게
꿈틀거리는 숨결로 다가오니

먹물 자국 한지에 스며들어
헐렁한 백색 티에 염색되어

어머니의 몸에 입혀질 때
대지여 너의 넓은 마음을 닮고
어머니의 숨결처럼
나의 맥박도 거침없이 두근거린다

모가 됐든 도가 됐든

대가족 향수

버석대던 햇살 물기를 머금어
도랑가 피라미 버들피리 불 때면
해마다 풍등을 띄우고 했던
다닥다닥 작은 마을

달고나랑 꽃잎으로
천연 항생제 대가大家*를 이루며
우애로 다져진 한 울타리

자연의 음향
숲길에서 만나 핵가족 시대
오월의 푸른 물결 이루고

그 안에 사향으로
만들어진 아까시아 꿀
오손도손 푸른 이야기꽃 자루에 담아
뭉게뭉게 피어 오르는

삶의 자리에서
뿌리에서 뿌리로 연결돼 가는 거미줄처럼

세세 대대로 엮이어 가는
아까시아 나무 위에 벌들의 날갯짓
바람의 향 머물다 가노라

* 대가大家: 어떤 분야에서 아주 뛰어난 사람으로 인정받으며 영향을 미치는 사
  람

기도하는 묵주

색깔이 둥글게 익어
나무가 싹을 틔우는
당신의 거룩한 길목에서
순종 겸손 배우게 하는 기다림 연속

구름 속에서 이슬을 뿌려주고
푸른 가지 엮어 환을 띄우면서
주님 축복으로 대박나는 해가 뜨다

주님 품으로 들어와
주님께 순종하며

주님 해가 머리 위에 떴으니
장미꽃처럼 진하게
익어가는 마음 한없이 편한
가슴으로 변하였다

세상에 남겨진 욕심에서
가슴으로 사는 모습으로
축복 속에서

한 해를 시작하는 환을 띄우며
땅이 열리고 구원으로 피어나게 하소서!

여보야

구름 베고 가는 하늘이여
신록의 계절 연둣빛 잎 사이로
삭풍에 떨고 있는 구름 한 조각
팔 베고 가는 세월아
어느덧
당신의 가슴에 하얀 눈
내리는구려

여보야
긴 긴 겨울 지나가고 따스한 봄 찾아왔는데
어느덧 흰 머리 거리에 서 있소

여보야
미운 사랑
바람 가져가는데
텅 빈 가슴뿐이라오

98년도 겨울날
함박눈이 쏟아지는 한밤중의
시골길

햇병아리들 울음소리가
나의 눈가에 고드름 얼지 않았던가

여보야
계절에 순응하는 당신
이제 옛말하며 살아가는 시간
저녁노을 석양 바라보지 말고

못다 한 사랑 다 하고 가세
저 멀리서 다듬이 소리 들려온다

엄마가 비상한다

길목에 선 황혼으로
가을빛 스러져 달빛만 은은하다

낙엽 지나간 자리에 바람만 남아
솔잎 떨어진 자리 황금빛으로 어린다

청춘은 스케치북에 풋풋함 남겨
생각은 창공으로 날고
세상은 끝을 달리고 있는데

마음과 마음을 헤집고 다니던 치자꽃 향기
날개는 오염된 기름때에 묻혀 있어
응어리 가슴 가오리연 줄에 띄워 본다

숨죽여 내리는 눈발 속에
매화처럼 피어나리라

생각의 지도

일과를 설계하고 365일
계획하고 그린 그림들은
언제나 미완성으로 남겨지고
생각의 아이디어는 포트폴리오에

그림 속에 남겨진 여백은
어느 시점에서 완성되어 질까
진경산수화처럼 그려질까
생각에 생각이 꼬리를 물고
머릿속은 갈수록 복잡해지는데

나의 삶과 가치관
동서양 사상가가 주장한
윤리의 지도에 방점을 찍는다

대숲에 길을 내어
바람을 넣고 잎사귀 사이로
걸어가는 발길 지도에 그려져 있으니
들어가고 나가는 모든 발걸음을
저 높은 바람에 맡겨본다

엄마! 엄마!

여자의 길
엄마의 길이란 무엇일까
길게 늘어진 한숨의 그림자일까

숲을 만들고 씨를 뿌리고
비바람 견디며 꿋꿋하게
살아온 삶이지만

아님
고무줄처럼 질긴 숙명의 발자국일까
가슴을 후벼 파고
새까맣게 타들가는 엄마의 한숨
그때는 몰랐다

그 사랑을
그 기도를
그 자리를

푸른 강산을 아름답게
피어나는 정원 속에서
날아다니는 새처럼
붉게 물들어 가는

한 폭의 그림처럼

땅속의 뿌리 공존하면서
앞만 보고 달려온 삶 속에
불효의 그림자만 보인다

그때는 몰랐지 그 사랑을…
깊고 넓고 높은
철철 흐르는 계곡 속에서
에밀레종 울린다.

인생 야구

민들레 씨 푸른 공간
어지러이 흩날리고
들판 거름 냄새 훈풍 타고
푸른 솔 여전사

메마른 입술에 쓰디쓴
싱그러운 버들가지
오월 훈풍에 하늘거리네

어제 불던 삭풍
오늘 훈풍 되어
바람이 머물다 간 자리에

별빛 살포시 내려앉은
인생의 후반기
흙먼지 일으키며
스트라이크 잡는다

높은 직구 잡아당기면
방망이 쇼 외야의 펜스 넘어

인생의 만루 홈런 치는 날

봄꽃 피듯 환희의 기쁨 피겠지
삼 할 치는 야구 선수처럼

친구야!

살아만 있다면 만날 수 있으려나
잊고 지나온 세월...

차라리 잊고자 그리움의 추억
종이배에 띄워 떠나보냈는데
그 추억의 흔적 차마 떠나보내지
못했나 보구나

신이 내린 정원
그곳에 인연의 끈 붙잡지 못하고
그리움의 소식
갈바람을 타고 날아오건만

꽃보다 아름다운 인연
그 미소의 시간들
긴 기다림을 가슴에 묻고 살아왔건만

지금의 이 애련함도
머언 먼 날
희미한 백발에 실려 흩날리는

추억이 되겠지

밀물처럼 몰려왔다
썰물처럼 쓸려가는
인연의 시간 속에서
너와의 추억 새록새록
묻어나는 소리를 찾는다

이 갈바람 속에서...

| 6부 |

나는 시인이다

세포의 반란

말 없는 표정에
눈물의 강이 쓸려가는 바다로
웃음이 숨겨진 저마다의 방식은
고독일까

끊어도 끊어도
용서해주지 않는 피부
세포들이 서로 겹쳐 각자도생으로
심신은 지쳐만 가고

언제 어느 때 이끼의 세포가
피부에서 번식한 걸까
색소를 만들어가는 작은 알갱이
조직과 기관 식물의 줄기로
공생하려는 것 아닌가

무한의 사유와
유한의 사유 속에서도
만물이 소생하듯
사랑의 세포 열리기를

나침반

겨울!
혹독한 날
길 잃은 새 한 마리가
시린 시간 위를 날고 있다

눈보라가 휘몰아치는
앞을 분간할 수도 없는…

가녀린 새는 흔들릴 뿐
한 치 앞을 예측할 수 없는
답답한 허공에서
가여운 새는 어이해야 하나

허나
야윈 새는
오늘도 추운 시간을 힘차게 난다

그 방향을 향해

인생을 짓다

나의 시간은 전설이고
그 길은 역사의 길이다

샛길 걸을 때도
울퉁불퉁 비탈길 걸을 때도
힘겨워하지 않으려 했으니
가던 길 멈추고 되돌아보면
지나온 여정에
성찰과 사색이 각인된 길

저마다의 인생이 다르듯
그 가는 길의 발걸음도
각각의 사유로
뚜렷한 족적을 남겨놓는다

그가 가는 길에
무엇을 구하였고
무엇을 버렸는지
무엇을 숨겼는지
아무도 모른 체

담쟁이넝쿨 담벼락 오르듯이
인생의 하나뿐인 열쇠 쥐고
쉼 없이 오르고 오른다

인생은 덧없이 지어진 게
하나도 없더라
하늘을 나는 새처럼
저녁을 물고 둥지를 향할 뿐

바다를 낚는다

어느 날
향나무 우거진 숲
깊은 산속을 걷고 있는 짚신
무엇을 찾기 위해 무엇을 얻기 위해
소리 없는 고독으로...

나뭇잎에서 흘러내리는 바람이여
애절한 눈빛 닮아가는
사슴의 눈빛이여

삶 숱한 신비와의 수수께끼
동백꽃처럼 피어나는 詩
자연에서 수수께끼 찾아다니는
창작의 고통에서
붓방아질 끝에 바다를 낚는다

자연을 품는다

서러운 바람 머물다간 자리
산자락 흘린 눈물 안고
산봉우리 바람 소리 울린다

하늘의 명령 따라
강물에 우뚝 선 바위
바위 속에서 태어난
어린 소나무

은빛 쏟아지는 능선 솔길
강가에 앉아
세월을 노래 부르며
자연을 품는다

그림 속에 하늘 담아
쪽배에 띄워 보내다

십자가

천년의 향기 붙들고 계신 당신이여
천지 지으시고
칠성 보호 안에 서 계신 당신
강렬한 힘으로 무릎 꿇게 만드시고

당신의 흘린 피와 얼룩진 눈물
애틋이 찾는 사순절
촛대 위에 불꽃
타들어 가는 심지 한스레
초의 눈물 소맷자락에 묻는다.

구원의 손길로
두 팔 벌리고 늘 강복주시는 당신
천년의 향기
십자가 향기에 잠들다

재의 수요일

흙에서 왔다가
흙으로 가는 길목에서
이마에 재를 뿌리고

사순 시기
십자가가 곳곳에 묻혀있다

십자가 지고 가는 삶
심장에
푸른 보리 자라고 있다

찰궁이 백일

산고의
태동 한줄기 빛으로 찾아온다

대지를
감싸 안고 단단한 살갗을 비집어
봄으로 나오는 연록의 산파 기쁨

그 숨결 그 느낌

애틋한 자연에서
훈풍으로 6년 기다림
기도의 손끝에서 피어나는 꽃

당신이
주신 귀한 생명이라
향도 색깔도 무취 무향이네

묵주기도

한 올 한 올
불과 흙의 영혼 가마 속에서
로사리오 장미가 피어난다

청원기도 명주실 엮어서
천국 문 열어 하늘에 수놓고
잎이 시들지 않은 나무에
감사의 열매 주렁주렁
풍성하게 열린다

한 단 한 단 희망의 꽃
소망 담아
한 돌 한 돌
쌓인 탑 속에 피뢰침처럼
마음 밭에 행복을 심는다

축성된 나무들이여
한평생 은총 방울방울 맺으리라

대림절

어둠의 깊은 밤
당신 십자가의 열쇠로 하늘 문
여시고 단비로 굳은 땅 적셔주고

가랑잎 구원의 손길 열어주옵소서
이 세상 어둠 밤 밝은 빛으로 인도하옵시고

주님 빛으로 걸어가는 길
대림 환으로 약속하신 메시아
정의 승리에 기쁨을 주옵소서!!

카페에서

앞뜰에 풍경소리 퍼지고
그물에 걸리지 않은 바람 소리
낚싯줄 건드린다

파도를 타고
넘어오는 시간처럼

멀리,
술 익는 소리만
바람을 타고 고향 들녘에
꽃향기로 머물고

산등성
물안개 품은 나뭇잎,
나의 입술 촉촉이 적셔주는 오후

나는 시인이다

나는 가수다
나는 배우다
나는 연예인이다

모든 장르가 내 친구이다
문법과 문자의 운율 친구였지
이미지와 시각
청각 소리 듣고 친구 되었다

겨울바람 안고 시어들이
첫눈 내리는 날 날아갔지

펜만이 노트 바라보고 있었고
나는 한 송이 꽃잎 뿌려 주었다

노트는 시는 품고
시어 향기에 취해
시인은 노래한다

어떤 배우는

세계 배우가 된다고 하는데
노벨문학상 신춘문예상
장르가 편지 한 통 들고 왔다

파란 우체통만이 알고 있는
나만의 비밀

| 7부 |

붓을 들었다

시詩가 하늘 날다

향기 잡고 가는 바람아
된장국에 숙성 깊은 향 뽑아내고
누에 꼬치에서 실을 뽑아내듯이

독자의 눈높이에서
창작의 고통 깊은 시향 찾아내리라
모래밭에서 바늘 찾기보다
더 어려운 일이다

하늘과 바다
시향 열매 날개 달고
새벽이슬 맞으며
저녁노을 빛으로 태우다

시詩 세계를 걸으며
인생의 깊은 우물 속으로
촉촉이 적셔 가는 발걸음
은방울 소리만 들린다.

시인詩人의 마음을 꿰뚫다

문학 밭에서
산고의 고통 없이
어찌 명시로 피어날 수 있을까

예리한 눈빛으로
나의 가슴을 뚫어보는
독수리 눈빛

동작 나루를 건너며
칼바람 이겨내며

시어 한 조각 구름 한 조각
잡을 수만 있다면

가을에 피는 시인

가을 단풍잎
날아가는 시어 붙잡는다

굴비 엮듯이 한 줄 한 줄
다듬어 음률과 비율 넣고
가지런히 행을 만들다

고요한 안개꽃밭에서
시인이 가을 노래 부르다

청아하게 울려 퍼지는 날
구름이 대답하네

오선지에 무엇을 그릴까

하늘에 오색 수를 놓고
리듬은 나뭇가지에 걸쳐 놓는다

고혹한 운율의 소리
저마다
자기소개를 발표하니
오선지에 명곡이 만들어지고

작은 소리들은
리듬과 하모니 영혼의 내부
우아함을 실어주면서
청중 속으로 파고든다

지우고 다시 쓰는
돌고 도는 감정도 새기고

한 곡이 끝날 때쯤
오선지에 눈물이 퍼진다

리듬은 아직 그대로 남아있고

시어로 뱃길 열어라

홍얼홍얼 6박자 숨결 따라 흐르는 시냇물,

땅이 진동하는 기침 소리에
새들의 날갯짓 퍼덕이고
늘꽃 피어나는 앙상한 나뭇가지
새근새근 잠자는 숨소리 들려온다

시간은 흔적 남기는 밤

눈꽃 속에 피었다
목련 꽃에 피었나
엄마의 사랑 속에 피었나
연꽃에 사박사박 숨소리

봄 내음 향기 나는 시어
뱃길 열어 그릇에 담고 싶다

시의 씨앗 뿌려 꽃이 되고
삶이 이야기되는 곳

시의 향기 싣고 항해하자
시어가 움직이는
세계 나라의 엘리스처럼

붓을 들었다

미소 짓는 하늘
화선지 구름을 만들고
물결 위에 수채화 그리며

붓끝에 담겨진 혼
한스레 춤을 추다

푸른 새싹
물감 이야기 들으며
한 폭의 사군자 웅장하게
먹물 속에서 피어난다

붓을 들고
인생의 전환점 위에 서 있다

봄이 왔는데

등불 안고 나간 별
별을 등에 지고 온 큰 별

한번 떠나간 빈자리
슬픈 공기만 흐느적거리다

이슬 되어 간
그 자리

구름 꽃
피어오르고
허공 바라본 슬픈 눈동자

애틋한 마음 붙들고
나무에 서 있다

꽃의 향연 펼쳐지는 날
별 향기
아버지 혼 가슴에 품고 있다

한 편의 영화

지상의 발자취 한 줄기 빛으로
푸른 바다에 잠들어 가는 밤
생각은 나뭇가지에 펼쳐 놓았다

미세한 작은 소리 웅성웅성
자연에서 아날로그
실루엣 음악이 펼쳐지고

원일점*에서
공전의 궤도를 도는 태양까지 가는 길이
근일점*에 도달해서야
인생의 삶이 무엇인지
카메라가 돌기 시작하는
한 편의 영화 시나리오

나의 작은 소리는
꽃가루가 부서지면서
커다란 오색지에
잎의 바람이 불기 시작하여
준비 없이 태어나

준비 없이 유년기 보내고

희로애락 삶 속에
한 편의 영화
나뭇가지에 걸려 있던
비밀 렌즈 속에
오색 지를 하늘에 담아
풍성한 잎 필름에 담아본다.

* 원일점 : 태양에서 거리가 먼 길
* 근일점 : 태양에서 가까운 거리

쟁기와 호미 꿈을 심으면

줄 이 잡히는
파도의 잔물결 헤치며
아날로그 쟁기 깊이갈이를 한다

갑옷 입은 손 이쪽저쪽
흩어지는 기름진 땅
흙밥 속에서 꿈 퍼낸다

논둑에 등 세우고 고달픈 삶
풀 속에 미소 짓는 샘물같이
풀잎에 막걸리 담아본다

돌담에 속삭이는 햇빛
옥새 비단 깔아놓은
연둣빛 들풀

새참 향기 속에 잠자리
날아들고 바람과 햇살
흙밥에 묻힌 땀방울 빚었을까

쟁기와
함께 걸어가는 논밭
푸른 양식 꿈을 꾸다

쟁기 발자취 묵묵히 따르며
울타리 안에 가꾼 푸른 숲을 향해
나무 향기에 젖어가는 엄마의 씨앗

지워도 지워지지 않는 지우개

말 없는 가위는
연필로 선을 그리는 것보다
조각을 잘라내는 것

내가 바라보는 것은
정물도 풍경도 아닌데
아침에 일어나면 다가오는
차가운 바람 지운다

뜨거운 햇살 등에 지고 있는
마음은 뚜렷한 흔적이
음각으로 새겨져
붉게 깔린 양탄자 길을 걷고 있다

새벽 찬 바람 지우며
별 밤에 흔들리는 눈발
깊은 과거 속으로 여행을 떠난다

필통에 남은 지나온 흔적
선을 그리는 것보다

잘라내는 것보다
지우개로 지우며
말에는 지우개가 없다

호박 이야기

잘 말린 씨앗 하나
담장 밑 발꿈치에 꼭꼭 숨겨 놓으면
넝쿨 따라 한 잎 두 잎 자라는 입담

새벽녘 이슬을 머금고
사방팔방으로 뻗어가는 자연에서
오롱조롱 청춘은 시작된다

추억의 이야기 담아
구수한 된장 속에서
자박자박 익어가는 가을의 시간

어우렁더우렁 비구름 긋다 보면
어느덧 노을빛 고운 날에

굽이굽이 주름진 붉은 태양
거칠어진 줄기에 걸려있고

뭐 하니

바람 소리 들려오는데
꽃잎 숨소리 들리는데
안개 낀 봉우리 자연에서
놀고 있는지
벚꽃 소식만 전해온다

산 까치야 소식이라도
전해주렴
지금 그대 뭐 하고 있는지
형형색색 모여 박람회
하는 날
선인장 초대장에 그 이름 없구려
차가운 공기만 나의 가슴 스친다

문학의 도시

아침에 산 하늘 뒤덮는
뿌옇게 낀 문학의 도시
시야가 보이지 않는 날개
자연에서 미생물 하나가
입을 닫는다

자연을 위한다고
조직을 위한다고
칸트의 주장대로
윤리를 실천하지 않는
문학의 도시에
깊은 시름에 잠긴다

불교의 주장대로
자비를 베풀지 않아
신이 인간에게 준
자연의 소중한 깨달음을 알며

유교에서 말한 대로 충 · 효 · 인
이성을 잃어버린 문학의 세계

가속도 민주주의 법칙에서 벗어나 법(法)압력 센서로 놓고
보이지 않는 소리 센서
어진 나무 어진 나라 태우려고
숲속의 검은 그림자가 드리운다

힘의 논리에 따라
움직이는 비겁자의 눈동자
거센 무분별한 집단의
저항에 맞선 문학의 도시

아무리 강폭 한 힘이 어진 덕을 이겨내지 못하다는 것은
자연의 이치이니...

시와 늪

희귀한 식물이 자생하는 문학관
사람이 찾을 만큼 인기 있는 곳에
찬란한 은빛 시어들이 출렁대고 있었지.

꿈이 있는 푸른 식물 영양분
힘껏 빨아들이면서 잘 자라고 있다
깊고 넓은 둥지 속에서 새들의 지저귐
식물들이 웅성대는 음악 소리

불그레한 울림을 주는
어머니 가슴에 깊고 푸른
자연이 숨 쉬는 시와 늪 디자인한다

평화로운 늪과 넓은 초원
조화 이룬 문학관
녹색 빛으로 세상을 그려본다
시인의 마음으로

나는 알고 있을까

하늘을 먼지를 밟고 날아갈 수 있을까
구름을 바람을 안고 날 수 있을까
생각은 꼬리를 물고 날 수 있을까

저 하늘 해맑은 웃음소리
갈바람 타고날 수 있다면
바다 들판에다
천년 고찰을 지을 수 있으리

지금 가고 있는 길
수없이 반복되는 세포 속에서
구름을 나르는 우주 정거장은
어디에 있으며

눈동자 속에 비밀
나 아닌
바람 아닌
구름 아닌
나는 알고 있을까!

20년의 발자취

40년 꽃송이 생면 강산에서 초면강산으로
미지의 세계에서 둥지를 틀다
허름한 집 재래식 울어대는 벌레

놀란 새들의 날개 푸드득 떨다
뒤에서 바라보는 어미 새는
억장이 무너지고 서 있다

바람도 낯선 곳에서
40년 여자의 꽃 땅속에 묻어버렸다

엄마의 그림자로 남아
사막에서 샘물을 찾는다
하늘이여!

'때론
갑자기 불어오는 모래바람에
뒤집어쓰고
숨조차 쉴 수 없는 한스러운 나날들

기름진 땅 거대한 텃밭에서
발자취에 하트를 그리며
달빛 속에 한 폭의 수묵화 서 있다

이백삼십 미리 발
효원의 도시 수원
인생의 스토리 그려놓았다.
훗날에 멋진 작품으로...

그믐날의 시루떡!

그믐달 산마루에
엿 비스듬히 걸려있다.
강을 훑고 올라온 싸늘한 바람

우수수 창에 부딪히던
이 집 저 집 떡 치는 소리
하나의 먼 추억의 조각들이
도시의 신호등에 걸려 있다

달도 없는 하늘에
길 잃은 파란 별
허공 속의 창밖에 그믐치가 쌓이고

옛 어린 시절 북적대던
추억의 앞마당
재개발 콘크리트로 묻혀 있다

맷돌 소리가 추억 일으켜주는
백팔 번뇌를 한층 더 가라앉혀주는 듯하다

옛 고향 땅
달도 없고 뭇 별들만 웅성대고

음이 피아노 치다

2021년 신춘년 기도문

해돋이에서 해넘이까지 가는
발자국마다 사랑의 씨앗을
뿌려주옵소서!

귀한 발자국마다 사랑의 열매를 맺고
황금 들판을 거두어 드리소서!

초승달이 보름달까지 가는
길목에 비단길 깔아 주시고
안전하게 안내하옵소서!

보름달이 초승달까지 가는 길목에
큰 축복을 내리소서!

동쪽의 해 서쪽 땅거미 지는
해껏 까지 안전하게
은총을 주옵소서!

오른팔에서 왼쪽 팔까지 가는
손길에 빛을 내리소서!

머리에서 가슴까지 내려가는
혈관에 평화를 주옵소서!

세상의 죄를 없애시는 주님!
자비를 베푸소서!

우리 가정에 은총과 축복을 주옵소서!
우리 가정에 사랑 화평 평화를 내리소서!

이 땅 위에 영광과 평화를 주옵소서!

내일을 위해 기도 하리라

바람 한 점 없는
저녁노을 진 밤이여
깊은 호수 강가에 앉아
밤하늘 별빛에 소원을 빈다

그림자 발자취 위에 서서
뜨거운 공기 머리 위로
스쳐 지나가고

허무만 남긴 가슴속에서
뜨거운 바람 두 손 모은다

뜨고 지는 해는 내일을 위해
노을빛으로

나는 내일을 위해
기도 속으로 들어간다

뭉게뭉게 피어오르는
기억
내일을 위해 기도하리라

구름 한 조각

동작 나루를 걸으며
칼바람 이겨내며
혼불 속에 시어 한 조각
구름 한 조각
잡을 수 있다면
이 어찌 좋으리오

겨울 1

하이쿠 겨울이 되어
앙상히 남는 계절
동치밋국에

속을 식힌다
칡 냉면 말아먹고
녹이는 겨울

입춘을 향해
희망의 메시지
전해 오려나

겨울 2

청솔에 비낀 햇살
해맑은 구름 숨결

손 시린 눈꽃 날림
봄꽃이 벙그는가

새소리 청아한 골짝
겨울 삭풍 누웠다.

음이 피아노 치다

전주곡 품어대는 지휘봉
높은 음과 낮은 음으로 연주하며

흑백의 논리로 건반 위에서
현 손끝으로 빠르게 활수하듯
그렇게 소리 내어
인생의 작사 작곡이 만들어진다

때론
높은 자세로 낮은 자세로
사물을 포용하면서
음향이 바르르 떨려온다

각자 다른 악기 드럼 소리처럼
깊은 울림으로 흰 머리칼
가닥가닥 멜로디 소리에
페달만 연신 밟아대는데

레지오 2,000차 맞이한다

능하신 동정녀!
차가운 교리실에서
매주 봉사의 길

기도 끈 이어받아
발자취 남긴 시간 속에
목화의 기도!
한 올 한 올 기도의 열매가
산과 바다 꽃길 만든다

신비스러운 거룩하신 동정녀!
정서 메말라 가는 영혼 앞에
구원의 손길 열리고

온 누리에 밝힌
작은 촛불 앞에 묵주 기도소리
깊은 산속 적막한 밤
슬픈 곡조 띄운 목탁 소리
메아리 되어 밤하늘 수繡 놓는다

그레이딩

지문이 묻을세라
손끝이 닿을까
바람이 들어갈까

숨마지도 죽이고
도자기 빚어내듯 담아내는 손길
애지중지 포장하여 길에 오른 유학생

넓은 세상에 가
빛을 보라고 유학 보내는데
정신 감정도 받아보았는가 보다
어느 날 별 달고
혜성처럼 귀국길에 오른다

성적에 따라
69. 70등급 몸값의 감정은
최고의 무대에서 결정되고
손때 묻지 않는 지갑 속 터줏대감
그레이딩

시의 양식

계곡 물살이 석공이 되어
반들반들하게
옥돌같이 다듬은
시어詩語로
마음을 살찌우니
시심詩心의 텃밭에
시의 향기로 싹이 나고
태고에 묻혔던 시 한 수가
오색 무지개 타고
세상에 나올 때
천하를 얻은 듯
찬란하게 빛날 것이다

사랑하는 임이여

못다 한 이야기
숲속 나뭇잎에 새겨두오니

바람인 듯 오시어
강물 빛인 듯 오시어

산에 산에
메아리 열리게 하소서!

선녀의 꿈

첫눈 내리는 날
향기로운 커피 찻잔 속에
님의 목소리 담고 싶다

시인은 악기처럼

퍼스트 하프 팔 마디
쉴 때
음은 봄을 잡고
시인은 시를 쓴다

현악기
앙상블 클래식
음악 속에
잔잔한 호숫가 돌 던지듯

음표의 속삭임 우주 속에
지휘봉 따라
예술의 영혼처럼
비상한다

넓은 음역 속 웅장한 선율
예술의 섬세한 손놀림
골바람 리듬 따라
헝클어진 詩 줄 속에 혼을 켜다

행복을 짓다

첫 기적의 열매
주렁주렁 열렸다
땅 위의 십자가 씨앗 피어나고
하늘의 음성이
온 누리에 퍼지겠지

바람과 꽃의 말을 전하며

바람과 꽃의 말을 전하며

예시원(시인 · 문학평론가)

〈바람이 불지 않으면 노를 저어라〉는 것은 바람이 불어오던 불지 않던 쉬지 않고 끊임없이 앞을 향해 노를 저으며, 삶의 역동적인 추동성을 살려 자신과의 투쟁과 세상과의 전투에서 굴하지 않겠다는 의지의 표현이다.

그녀의 첫 번째 시집 〈엄마도 꽃이란다〉에서는 어머니가 자란 고향 땅을 그리워하며 천년의 향기를 품고 싶은 마음을 실어 주옥같은 작품집을 엮어냈었다.

두 번째 시집 〈바람이 불지 않으면 노를 저어라〉에서는 화살기도처럼 가끔씩 혼자 하는 대화에서부터, 강렬하게 솟구치는 그녀의 말하고 싶은 내면의 소리들을 가슴 속에 묻어두지 않고 밖으로 끄집어내어 바람과 꽃의 말을 전하고 있다.

그 바람에 실려 오는 향기는 바로 그녀의 기도였으며 입안에서 성체 향기 가득 품은 장미로 다시 피어나고 있다. 바람이 불어오는 그곳과 바람이 지나가는 자리엔 늘 그리움의 향기가 묻어 있었지만, 그녀는 대지의 여신처럼 묵묵히 그 시린 시간들을 견뎌내고 있었다.

천 년 전에 불던 그 바람은 천년 후에 지금도 여전히 불고 있고, 그녀의 굳건함은 삶에 대한 역동적인 힘의 원천이 되기도 한다.

그 증거로 박 시인은 현재 꿈 사랑 봉사단체 회장, 시처럼 문학회 총무, 예음 문학예술 시 분과 이사, 수원시 리더회 조정위원회 임원과 천주교 성가대 및 레지오 봉사활동을 활발하게 하는 모습과 자연과 함께하는 문학 계간 시와 늪의 작품 활동에서 찾아볼 수 있다.

그녀의 시편에서는 빈센트 반 고흐의 "마차와 기차가 있는 풍경" 그림을 보고 있는 것처럼 과거와 현재 그리고 미래가 묘한 대조를 이루며 시공간을 초월한 메시지를 전해주고 있다.

그 그림은 반 고흐(1853~1890)가 파리 근교의 오베르에 머물던 1890년 6월에 그렸는데, 현대인의 바쁘고 빠르게 흘러가는 삶과 열차를 따라잡지 못하는 마차의 엉거주춤에 많은 시사점을 두고 있는 풍경이다.

어쩌면 생의 종착역에 이른 반 고흐가 망연자실하며 마무리하는 마음을 작품으로 드러낸 것일 수도 있는데, 박덕례 시인의 작품에서 문득문득 아련한 옛 추억과 현재를 오가는 그림이 엿보이고 있다.

서양화와 동양화. 외국의 풍경과 한국의 풍경에서 건축 문화의 차이는 있을지언정 자연과 함께 공존하는 사람들의 모습은 별반 다르지 않음을 알 수 있다. 구스타브 카유보트의 "프티쥬느빌리에의 센 강변"이나 한국 서부경남의 하동 섬진강변 또는 호남의 영산강변의 풍경은 주변 건축물의 차이만 있을 뿐 강변의 모습은 전혀 낯설지 않다.

와인과 막걸리, 빵과 떡의 차이라고나 할까. 풍차와 물레방앗간의 차이도 바람과 물을 이용한 동력전달장치의 차이였을 뿐, 그 용도는 다르지 않은 것과 같은 원리다.

삶의 모습에서 동·서양의 문화예술에도 자세히 보면 차이가 나지 않은 것처럼 자연에서 꽃씨가 바람에 날려 자리를 잡고 씨방이 발아하여 아름다운 꽃을 피워내듯 그리움에 잠을 설친 목련이 설렘으로 봄꽃을 피워내는 마음도 시를 적어내는 시인의 시심詩心과 크게 다르지 않을 것이다.

평화를 노래하고 삶을 찬미하듯 우리의 목소리는 성당

의 담장을 넘어 지구촌 곳곳에 널리 울려 퍼질 것이다. 그 중심에서 박덕례 시인의 바람과 꽃의 말을 전하는 기도 소리는 그 어떤 장벽도 가로막을 수 없을 것이다.

2022년 붉은 장미 넝쿨이 힘차게 뻗어 오르는 6월의 어느 날. 두손 모음.

바람이 불지 않으면 노를 저어라

청아랑 박덕례 시집

초 판 인 쇄 | 2022년 7월 15일

발 행 일 자 | 2022년 7월 18일

지 은 이 | 청아랑 박덕례

펴 낸 이 | 김연주

펴 낸 곳 | 도서출판 성연

등 록 | (등록 제2021-000008호) 경남 창원

홈 페 이 지 | https://cafe.daum.net/seongyeon2021

사 무 실 | 창원시 성산구 대원로 27번길 4(시와늪문학관 내)

디 자 인 | 배선영

편 집 인 | 배성근

대 표 메 일 | baekim2003@daum.net

전 자 팩 스 | 0504-205-5758

연 락 처 | 010-4556-0573

정 가 | 15,000원

ISBN | 979-11-973709-8-4(13800)

◉ 본 시집은 **한국예술인복지재단 창작준비지원금** 일부를
지원받아 발간되었습니다.

◉ 저자와의 협약으로 인지를 생략합니다.

◉ 이 시집의 전부 또는 일부를 재사용하려면 반드시 지은이와 도서출판
성연에 동의를 얻어야 합니다.

◉ 본 지는 한국간행물 윤리위원회의 윤리강령 실천요강을 준수합니다.

◉ 파본 된 책은 교환해 드립니다.

이 도서의 출판예정도서목록(CIP)은 ISBN: 979-11-973709-8-4(13800)
국립중앙도서관 서지정보유통지원시스템 홈페이지(http://seoji.nl.go.kr/)와
국가자료목록시스템(http://www.nl.go.kr/kolisnet)에서 이용할 수 있습니다.